Este libro pertenece a:

_____

Actividades Físicas

Editado por Scholastic Inc., 90 Old Sherman Turnpike, Danbury, CT 06816

SCHOLASTIC y los logos asociados son marcas de productos y/o marcas registradas de Scholastic Inc.

ISBN 0-439-92377-8

Título del original en inglés: Doctor Dora

Traducción de Daniel A. González y asociados

Impreso en Estados Unidos

Primera impresión de Scholastic, enero de 2007

La doctora Dora

por
Samantha Berger

ilustrado por
Susan Hall

SCHOLASTIC INC.
Nueva York Toronto Londres Auckland Sydney
Ciudad de México Nueva Delhi Hong Kong Buenos Aires

—*Hi!* Soy la doctora Dora. ¿Estás listo para tu chequeo médico? —le preguntó Dora a Boots.

Boots dejó que la doctora Dora le escuchara el corazón, le revisara los ojos y le examinara las orejas.

—Boots, estás muy bien —le dijo la doctora Dora.

Justo en ese momento escucharon un sonoro ¡*AAA-CHÚ*!

—¡Ése parece un estornudo de Benny! —dijo Boots.

—¡Éste es un trabajo para la doctora Dora! —exclamó Dora.

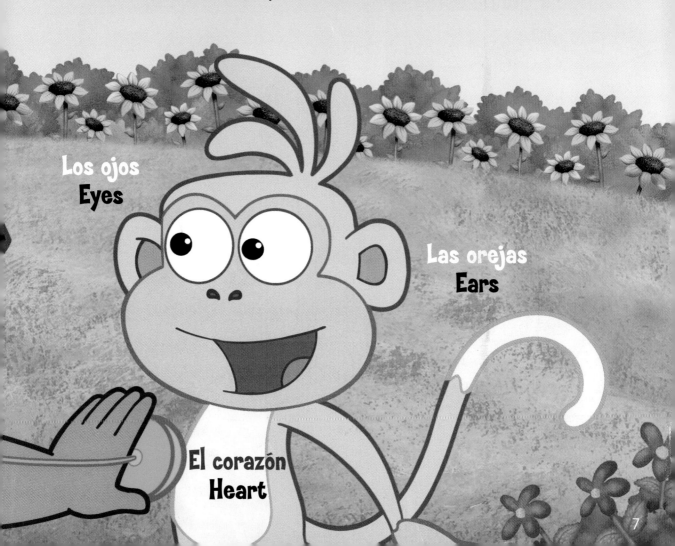

Los ojos
Eyes

Las orejas
Ears

El corazón
Heart

7

—Primero tenemos que averiguar dónde está Benny —dijo Dora.

—¡Map! ¡Map! —Dora y Boots llamaron al mapa Map.

Map saltó del bolsillo de Backpack, la mochila de Dora, y dijo: —¡Yo los puedo ayudar a encontrar a Benny! Primero tienen que subir por el Puente de Piedras. Luego, tienen que cruzar los Rápidos Ondulantes. Después tienen que atravesar el Jardín de Rosas Rojas. ¡Y allí encontrarán a Benny!

Dora y Boots llegaron rapidísimo a la parte más alta del Puente de Piedras. Ahí encontraron a Tico sentado en el suelo agarrándose un brazo.

—¡Tico! —dijo Dora—. ¿Qué te pasó?

—*My arm* —dijo Tico muy suavemente.

—Parece que Tico tropezó con esa piedra y se rasguñó el brazo —dijo la doctora Dora—. Necesitamos algo para ayudar a Tico a sentirse mejor. Apuesto a que Backpack tiene algo que podamos usar.

—¡Backpack! ¡Backpack! —llamó Boots.

El brazo
Arm

—Esto hará que el rasguño se mantenga limpio —dijo Dora mientras le ponía a Tico una tirita en el brazo. Y después le dio un caramelo por haber sido tan valiente.

Tico sonrió y dijo: —***Thank you***, doctora Dora.

Luego Boots recogió la piedra con la que Tico había tropezado y la volvió a colocar en el Puente de Piedras.

—Así nadie volverá a tropezar con ella —dijo Boots.

Dora y Boots se despidieron de Tico y siguieron su camino.

¡AAA-CHÚU!, **¡AAA-CHÚU!**, **¡AAA-CHÚU!** Los estornudos
se oían más fuerte que nunca.

—¡Tenemos que encontrar a Benny! —dijo la doctora Dora.

Lo siguiente era cruzar los Rápidos Ondulantes. ¿Pero
cómo podían Dora y Boots cruzar al otro lado?

—¡Yo sé! ¡Yo sé! —gritó Boots—.
¡Podemos colgarnos de esas enredaderas
y columpiarnos hasta el otro lado!
Dora y Boots agarraron las enredaderas
y juntos se balancearon
hasta cruzar los Rápidos
Ondulantes.

Dora y Boots caminaron hasta
que escucharon otro estornudo.
¡AA-CHÚUUUU! Ahora los
estornudos eran tan fuertes que
todo el suelo tembló.

—¡Vamos, Boots! —gritó Dora—.
¡Ahí está el Jardín de Rosas Rojas!
¿Pero dónde está Benny?

—¡*AA-AA-AA-CHÚU!* Hola —dijo Benny—. Estoy tratando de recoger rosas para el cumpleaños de mi abuela, ¡pero no es nada fácil con estos ¡*AA-AA-AA-CHÚU!* . . . estornudos!

La nariz
Nose

—Creo que Backpack
tiene exactamente lo que se
necesita para los estornudos
—dijo la doctora Dora.
    —¡Backpack! ¡Backpack!
—gritó Boots.

Dora le dio los pañuelitos de papel a Benny.
—Gracias, doctora . . . *¡AAA-CHÚU!* . . . Dora —Benny
estornudó y se sonó la nariz como una trompeta.

La doctora Dora le dio a Benny un caramelo morado para que se sintiera mejor. Entonces le preguntó: —Benny, ¿es posible que las rosas te estén haciendo estornudar?

Sólo había una manera de averiguarlo. Benny se inclinó, respiró profundo y soltó el estornudo más fuerte de todos: —¡AA-CHÚUUUUUUU!

—¡Benny, tenemos que sacarte de este jardín! —exclamó Dora. Justo en ese momento, Tico pasó en su auto por el jardín. —Tico, ¿nos puedes llevar? —le preguntó Dora.

—**Yes** —dijo Tico—. **Let's go!**

—**Thank you!** —dijo Dora—. ¡Vámonos!

Salieron del Jardín de las Rosas Rojas tan
rápido como pudieron. Benny dejó de estornudar.
—¡Ahhh! Ya me siento mejor —dijo Benny.
En ese momento algo crujió en los arbustos
que estaban detrás.

Antes de que nadie pudiera detenerlo, Swiper entró como
un rayo, se llevó el ramo de rosas de Benny y desapareció.

—¡Ay, no! —lloró Benny—. Ahora no tengo flores para
llevarle a mi abuela en su cumpleaños.

—No te preocupes —lo tranquilizó Dora—. Apuesto a
que Backpack tiene algo que le puedas dar.

—¡Gracias, Backpack! ¡Gracias, doctora Dora! —sonrió Benny mientras se iba dando saltos con unos globos.

—*You're welcome* —respondió Dora mientras se alejaba. Dora y Boots empezaron a caminar a casa cuando de pronto escucharon un inmenso *¡AAA-CHÚ!*

—¿Quién podrá ser? —se preguntó Boots.

En ese momento apareció Swiper. —¡*AAA-CHÚU!*
—estornudó—. *¡Oh, mannn!*

—Parece que Benny no es el único que estornuda cuando está cerca de las rosas rojas —dijo Dora.

Y así Dora y Boots fueron riéndose y riéndose todo el camino a casa.

Fundamentos de Aprende jugando de Nick Jr.™

¡Las habilidades que todos los niños necesitan, en cuentos que les encantarán!

 colores + formas — Reconocer e identificar formas y colores básicos en el contexto de un cuento.

 emociones — Aprender a identificar y entender un amplio rango de emociones: felicidad, tristeza, entusiasmo, frustración, etc.

 imaginación — Fomentar las habilidades de pensamiento creativo por medio de juegos de dramatización y de imaginación.

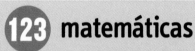 **matemáticas** — Reconocer las primeras nociones de matemáticas del mundo que nos rodea: patrones, formas, números, secuencias.

 **música + movimiento** — Disfrutar el sonido y el ritmo de la música y la danza.

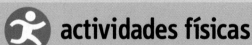 **actividades físicas** — Promover coordinación y confianza a través del juego y de ejercicios físicos.

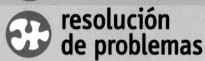 **resolución de problemas** — Usar habilidades de pensamiento crítico (observar, escuchar, seguir instrucciones) para hacer predicciones y resolver problemas.

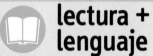 **lectura + lenguaje** — Desarrollar un amor duradero por la lectura por medio de historias, cuentos y personajes interesantes.

 ciencia — Fomentar la curiosidad y el interés en el mundo natural que nos rodea.

 habilidades sociales + diversidad cultural — Desarrollar respeto por los demás como personas únicas e interesantes.

Actividades físicas

Estímulo de conversación

Preguntas y actividades para que los padres ayuden a sus hijos a aprender jugando.

La doctora Dora tenía muchas cosas en su mochila Backpack para ayudar a sus amigos en caso que se lastimaran. Tú puedes hacer un kit de primeros auxilios para estar preparado(a). ¿Qué cosas pondrías en tu kit de primeros auxilios? ¿Qué te hace sentir mejor cuando te lastimas?

Para encontrar más actividades para padres e hijos, visita el sitio Web en inglés www.nickjr.com.

GLOSARIO ESPAÑOL/INGLÉS
y GUÍA DE PRONUNCIACIÓN

ESPAÑOL	INGLÉS	PRONUNCIACIÓN
Los ojos	Eyes	áis
Las orejas	Ears	í-ers
El corazón	Heart	jart
Mi	My	mai
El brazo	Arm	arm
Hola	Hi	jái
Gracias	Thank you	zánk-iu
De nada	You're welcome	iór uél-com
La nariz	Nose	nóus
Sí	Yes	ies
¡Vámonos!	Let's go!	lets góu
Adiós	Good-bye	gud bái